한세상
잘 산다

후회와 망설임 끝에

지나온 길을 두서없이 스케치해봤습니다.

남들처럼 화려하지 않은 지나간 날이었지만

그래도 한세상 살아오면서

희로애락의 자취를 새겨보고 싶어서

부끄럽지만 이렇게 모아봤습니다.

되돌아보니 지나간 나날들은 모두가 분홍빛

아름다운 추억들로 변해 버렸더군요.

나 혼자서 잘났다고 살아온 날들을 되돌아보니

너무나도 후회스럽습니다.

인생이란 아주 고독한 여행인지도 모르고

영원하지도 않은데………

2021년 봄

월파 김영완 올림

차례

인사 말씀 _ 후회와 망설임 끝에

제1부 _ 아름다운 날들

내 살아온 길	08	크고 잘 익은 토마토	48
매미 소리	23	닭장 털기	50
거짓말과 유머	26	물고기와 개구리	52
민겸아, 보아라	28	아름다운 날들	55
편애하기	31	입영일지	57
포구나무	34	여보, 사랑해	60
나 어릴 적에	39	주문을 외워 본다	62
나의 영원한 동반자	43	취미가 나를 움직이게 한다	64
복숭아 서리	46		

제2부 _ 친구의 古稀 축사(외부 기사록)

시사 피플지 인터뷰　　　74

김천농업센터 청사 준공　　　77

강북복지관 소고　　　79

대구강북신문 기사 일부　　　82

친구의 古稀 축사　　　90

제3부 _ 사진으로 본 기록　　　96

제4부 _ 자술연보　　　110

제1부

**아름다운
날들**

내 살아온 길

내가 태어난 고향은 김천시 신음동 747번지다. 부거리 마을이라고도 불린다. 동네 뒤에는 해발 250m의 달봉산이 병풍처럼 아늑하게 감싸주고 있다. 앞에는 황악산에서 흘러내리는 직지천이 사철 맑게 흐른다. 여름이면 장맛비에 낙동강 잉어 떼가 빗물을 따라 올라온다. 동네 청년들은 가래질로 팔뚝만 한 잉어를 잡았고, 그런 날이면 동네는 잉어 요리로 포식을 했다. 동네 옆으로 경북선이 상주로 향하고 겨울이면 철로 밑 개울가에서 얼음치기를 했다.

아버지(김수용)와 어머니(권말림)는 2남 2녀를 두셨다. 나는 막내로 태어났다. 위로 누나들은 열두 살이 더 많다. 형과도 일곱 살 차이다. 어머니는 동네와 가까운 절인 구화사에 가서 부처님께 공을 들여 나를 낳았다고 하셨다. 아버지 나이 쉰 살에 나를 낳은 것이다. 늦은 나이에 나를 낳아 키우느라 고생을 많이 하셨다. 아버지는 나를 위해 좋아하시던 보신탕(개고기)도 전혀 드시지 않았다.

우리 집은 논밭 합쳐 천 평 정도의 영세 농가였다. 그래서 부모님은 우리 농사를 지으며 남의 집 농사도 지어주고 품값을 받았다. 누나들은 일찍 결혼했다. 큰누나는 사십 대에 지병으로 세상을 떠났다. 그때 어머니는 큰누나 병간호하느라 마음고생이 이만저만이 아니셨다. 형님은 외자청 김천출장소에서 근무하셨다.

초등학교 시절 나는 학교 갔다 돌아오는 길에 친구들과 냇가에서 물장구를 치며 놀았다. 새까맣게 태운 몸으로 포구나무 위로 누가 먼저 오르는지 겨루기도 하고, 병정놀이한다고 나무를 꺾어 총을 만들고 포구나무 열매를 총알 삼아 친구들 얼굴에 쏘기도 했다. 붉어진 얼굴을 서로 쳐다보면서 따끔거리고 아픈 것도 잊은 채 깔깔대고 웃었다. 그때 함께 놀았던 죽마고우 대부분은 저 세상으로 가버렸다.
동구 앞에 서 있는 포구나무를 보면 어머니 생각이 떠오른다. 대구로 통학할 때 내가 늦게 오거나 비가 오는 날이면 어머니는 어김없이 포구나무 아래서 기다리셨다. 때때로 내 손에 용돈을 쥐여 주시던 곳이기도 했다. 그러나 70년대 경부고속도로 건설로 인해 이제는 흔적도 없이 사라졌다.

아버지와 어머니는 늦은 나이에 나를 낳아 밤낮없이 남의 집 농사일을 도우며 생계를 꾸렸다. 좋은 옷 한 번 입어보지 못하고 허리 한 번 쭉 펴고 살아보지 못하셨다. 아버지는 86세, 어머니는 75세로 한평생 고생만 하시다 돌아가셨다.

아버지는 이려운 살림에도 아버지 형제들을 도우셨다. 넉넉하지 못한 살림이었지만 아버지의 형제에게 조금씩 보탬을 주었다. 내가 초등학교 4학년 때 6·25전쟁이 났다. 아버지는 지게에다 쌀과 부식을 지고 어머니는 옷가지와 이불 등을 머리에 이고 피난을 갔다. 나는 국수 뭉치를 걸방으로 메고 걸었다. 낙동강 철교가 폭격을 맞아 강을 건너지 못하고 강변에서 노숙했다.

김천중학교 입학식 전날 밤 어머니는 호롱불 아래에서 나

의 교복과 모자를 만지시며 행복한 미소를 지으셨다. 늦게
얻은 아들이 중학생이 되어 흐뭇해하셨다.

 아버지는 자식들에게 간섭하지 않으셨다. 화가 많이 나도
한숨을 내쉬시거나 가끔 '이놈들이!' 라고 하시며 속으로 삭
히셨다. 자식들에게 농사일을 시키시는 일도 없었다. 하지
만 형님과 나는 자발적으로 농사일을 도와드렸다. 대학 시
절 매주 토요일이면 변소에 쌓인 대소변을 내가 지게에 지
고 논밭에 뿌렸다. 아버지께서 약주를 하신 날엔 형제간 우
애를 특별히 강조해서 말씀하셨다.

 1961년 4월에 논산훈련소를 거쳐 의정부 101보충대에서
5·16군사혁명을 맞았다. 먹고 사는 것이 힘들던 시대였다.
배불리 먹는 것이 소원이었다. 국가 정책도 민생고를 해결
하는 것이었다. 국민을 배불리 먹게 하는 것이 지상과제였
던 시대였다. 1964년 농촌 지도직 시험에 합격했다. 공직
생활에 첫 발을 내디딘 것이다. 박정희 대통령의 새마을 운
동 정책으로 국민의 생활이 조금씩 나아졌다. 그 당시 국민
소득이 100불 미만이던 것이 지금은 30,000불로 잘살게

되었다고 생각한다. 또한 국민들도 부지런하게 열심히 일을
했다. 나도 공직자로서 잘 살아보기 위해 헌신적으로 일을
했던 것 같다.

　학교를 졸업하고 첫 직장생활은 평생 잊을 수 없다. 첫 출
근하는 날, 부모님께서는 윗사람 눈에 어긋나지 않도록 열
심히 일하라고 당부하셨다. 직장에서 환영식을 해주었다.
소주에 이어 2차로 맥주까지 마셨다. 밤늦도록 마시고 노래
도 했다. 직장 동료들은 만취가 되어 하나 둘씩 귀가하고 나
혼자 남았다. 긴장하면서 마신 탓인지 술이 취하지 않았다.
나음날 출근하니 동료들이 술 잘 먹는 사람은 일도 잘한다
며 괜히 치켜세웠다. 근무 하면서 직장 선배 동료들의 많은
도움을 받았다.

　1965년 4월 1일 만우절이었다. 이날 근무를 마치고 퇴근
준비를 하고 있었다. 당시 1년간의 임시직 공무원 신분으로
일하고 있던 중 정규직 공무원 시험을 보고 발표를 기다리
고 있을 때였다. 퇴근할 무렵 시청에 근무하는 친구 여직원
두 사람(Y양과 K양)이 놀러왔다. 서로 이야기를 나누고 있

는데 전화가 왔다. 총무처 시행 국가공무원 시험에 합격했다는 연락이었다. 그러나 만우절이라 혹시 장난 전화가 아닌가 의심이 들었다. 옆에 있던 두 여직원도 합격을 축하한다고 말해 주는데도 믿기지가 않아 총무처에 다시 전화를 걸어 합격자 명단을 확인했다. 합격이라는 소리를 듣고 너무 기뻤다. 두 사람도 다시 한 번 합격을 축하해 주었다.

 그 무렵 어느 날 두 사람(Y양과 K양)이 우리 집을 방문한 적이 있었다. 그때 어머니는 며느리 감으로 점찍어 놓으신 것 같았다. 어머니는 두 사람이 가고난 후 "왼쪽에 앉은 아가씨가 체격이 좋고 피부도 하얗고 심성이 좋아 보인다."며 우리 부엌에 들어가면 가득찰 것 같다고 말했다. 어머니는 Y양을 며느리 감으로 보았던 모양이다. 어머니가 마음에 들어 하는 Y양과 본격적으로 교제를 시작했다. 시민회관 준공 기념 시민노래자랑에도 같이 출전했다. Y양은 '보릿고개'를 불러 1등을 했고 나는 '아! 목동아'를 불러 5등을 했다.

 1966년 3월 7일 김천시 시민회관에서 결혼식을 했다. 시민회관 신축하고 예식이 23번째였다. 그때 신부 나이도 23세였다. 1년 후 딸을 낳았고 2년 후 아들을 연년생으로 낳았다. 그렇게 나는 2남 1녀의 아버지가 되었다. 결혼 56주년이 다가온다. 지금까지 내 옆에서 아들딸 낳아주고 살림을 잘 꾸려 준 아내가 정말 고맙다.

 1966년도 결혼을 하고 2~3개월 있다 아내는 임신을 했다. 그때는 왠지 아내가 임신을 했다는 사실이 부끄러웠다. 다행히 입덧을 가볍게 했다. 출산일이 가까워지자 아내는 불안해했다. 겁이 많은 성격이라 예방주사도 맞아 본 적이 없다는 걸 알게 됐다. 학교 다닐 때 예방주사 맞는 날, 종일 울고 있으면 담임 선생님이 아내만큼은 제외시켜 주었다고 한다. 한의원을 하고 있는 친구에게 아내 이야기를 했더니 조언을 해주었다. 분만 시 남편이 옆에서 지켜보며 도와주는 방법이 있다고 해서 분만 시 필요한 지식을 미리 공부했다. 아내는 산부인과에 가서 주사 맞는 것은 죽어도 못하겠다고 했다. 어머니는 나보고 알아서 하라고 했다. 친구에게 배운대로 분만 시 필요한 것들을 준비해놓고 아이를 받고 탯줄을 자르는 방법까지 숙지했다. 나는 연습한대로 침착하게 아이를 받아내고 탯줄도 잘랐다. 어머니가 옆에서 보조를

잘해주셨다. 1967년 3월 23일 새벽 아내는 집에서 첫 딸을 순산했다. 어머니는 첫딸은 살림밑천이라며 좋아하셨다. 그리고 2년 뒤 영일군(포항시) 동해면에서 아들을 낳았다. 이때도 내가 직접 산파 역할을 했다. 동해면에서 낳은 기념으로 '동근'이라고 이름을 지었다. 셋째는 김천시 성내동에서 낳았다. 둘째와 달리 셋째는 태반이 30분이 지나도 나오지 않아서 할 수 없이 아내 몰래 산부인과 의사를 집으로 불렀다. 기진맥진한 아내는 주사를 맞고 나서야 태반이 나왔다. 의사의 도움으로 무사히 출산이 끝났다. 이렇게 세 아이를 모두 내 손으로 받아냈다. 자랑스러운 마음으로 남들에게 자랑도 많이 했다. 부모 되기가, 아버지 되기가 이렇게 힘든 줄 미처 몰랐다. 나는 보기 드물게 내 아이들을 직접 받은 남자다. 부모로서 아버지로서 스스로 대견스럽고 자랑스럽다.

60년대 군사혁명 이후 박정희 대통령의 경제개발 5개년 계획과 식량증산 5개년 계획을 철저히 추진하던 때였다. 식량자급자족을 위해 농촌지도원의 임무는 밤낮이 없을 정도로 바빴다. 지역을 담당 구역별로 분담해 주간에는 영농현장에서 밤에는 야간교육을 통해 기술 전달과 부업을 장려토록 계몽했다. 공무원 생활에 첫발을 디딘 나는 상사의 지시대로 열심히 일했다. 사업계획 추진을 위해서 밤낮으로 출장을 강행했다. 지시대로 수행해도 결과가 나쁘면 새로 일을 해야 하는 등 고충이 많았다. 내가 하는 일에 환멸을 느껴 이직을 하려고도 해보았지만 생각대로 되지 않았다. 힘들었지만 열심히 일했고 그 결과 80년도 쌀 3천만 석을 돌파하여 녹색혁명을 완수했다. 나는 내가 한 일에 자긍심을 가졌다. 그 시절 밤낮없이 노력했던 날들을 돌이켜보니 감회가 새롭다. 농민들과 막걸리 잔을 기울이며 일했던 그때가 참 좋았다.

나는 내 자식들에게 당당하게 말한다. 지금 이렇게나마 대한민국 국민이 풍요롭게 사는 데는 '작으나마 나의 공이 있었노라'고.

나의 4~50대는 내 생에 가장 빛났던 시대였다. 첫 직업이었던 공무원 생활은 내게 힘겨웠다. 밤낮없이 현지 영농기

술 지도를 한다는 것이 내 성격에 맞지 않았다. 그래서 직장을 옮겨보려고 애썼지만 쉽지 않았다. 나는 학창시절에 의사가 되는 것이 꿈이었다. 집안이 넉넉하지 못해 의과대학을 포기하면서 방송 아나운서가 되려고도 했다. 그 꿈을 버리지 못하고 군시절 부대 내 방송실에서 아나운서로 일한 적이 있다.

직장 생활을 하면서 나 자신에게 불만이 쌓이고 내 생활에 만족을 할 수 없었다. 그러나 근무성적 평가를 잘 받아서 사무관급 특별 승진 시험에서 5대 1의 경쟁을 뚫고 당당히 합격했다. 다른 동료들에 비해 빠른 승진이었다. 주변에서는 경사 났다고 좋아했다. 승진을 함으로써 이직하겠다는 마음을 접고 관리직으로 영전하여 보다 열심히 근무했다.

우리 가족은 김천에서 대구로 이사를 하고 선산군, 의성군, 청송군 등에서 혼자 객지 생활을 했다. 아이들과 집안일은 아내에게 모두 맡기고 나는 객지에서 오로지 맡은바 일에만 전념했다. 아내의 고생이 많았다. 혼자서 힘들었을 텐데, 살림도 알뜰하게 잘 해주었고 아이들도 잘 키웠다. 정말 고맙고 미안한 마음이다.

내가 정년퇴직한 게 엊그제 같은데 어느덧 22년이란 세월이 지났으니 세월 앞에 장사 없다는 말이 실감난다. 흰머리가 다 되었다. 얼굴에 주름도 많이 늘었다. 퇴직하고 1년은 여기저기 발길 닿는 대로 돌아다녔다. 매월 초중고대학 친구들과의 모임에 나가고 퇴직자 모임에 참석하는 것이 유일한 낙이었다.

주말에는 테니스 게임하고 골프동우회를 조직해 매주 한 번씩 골프를 치면서 한 주를 즐겁게 보냈다. 복지관에서는 매일 탁구를 치고 있다. 다른 사람들과 만니 운동도 하고 웃고 떠들고 노는 것이 즐겁다. 서예와 사군자도 배워 시화전에 출품하여 몇 차례 입선도 했다. 하루 종일 앉아서 서예와 사군자를 하는 날은 싫증이 나고 힘들다. 그래서 하루에 반나절은 탁구를 치면서 즐기고 있다.

퇴직하고 나서 옛날 같이 근무한 동료나 상사들이 궁금하기도 하다. 하급직으로 있던 시절 대폿집에서 동료들끼리 막걸리 마시면서 상사 험담하며 지냈던 시절이 생각난다.

살아오면서 아주 고마웠던 사람이 있다면 세 사람을 뽑겠다. 첫 번째로는 아내가 제일 고맙다. 타지에서 직장 생활하느라 집안일을 도와주지 못했는데 혼자 살림하면서 아이들까지 잘 키워준 아내에게 감사장을 주고 싶다. 급한 내 성격을 잘 맞추어 늘 참는 쪽은 아내였다. 참고 견딘 그 세월을 생각하니 미안하고 고맙다. 두 번째로는 내가 선산군에서 계장으로 근무할 때 공무원 품위손상으로 징계되기 직전에 나를 구해준 이원식 소장님이 계신다. 1974년도 전두환 대통령 정부시절 공무원 관기 확립을 위해 기관별로 몇 명씩 파면시키라는 상부 지시가 있었다. 그때 내가 파면 대상이 됐는데, 이원식 소장님은 '장래가 촉망되는 유능한 직원을 파면시킬 수 없다'며 대신 본인을 파면하라고 상부에 청원했다. 이원식 소장님의 도움으로 징계를 면하게 된 것이다. 지금 생각해보면 내 인생의 분수령이 되었다. 이원식 소장님께 다시 한 번 진정으로 감사한 마음을 전하고 싶다. 세 번째로는 고향에 계시는 형님에게 감사장을 드리고 싶다. 형님은 1980년대 중반 지방자치제도 실시에 따른 김천시의회 초대의원을 지내신 분이다. 늙으신 부모님을 모시고 농촌생활을 하면서 나를 대학까지 보내주셨고 집안의 크고 작은 일을 모두 도맡아 해주시고 계신다. 올해 90세지만 아직 건강하시다. 100세까지 무병장수하기를 바란다.

인간은 태어나면서부터 경쟁하면서 살아야 한다. 그동안 살면서 목표를 세우고 실천하려고 노력해봤지만 실천하지 못했거나 성과가 없었던 적도 많았다.

인생을 살면서 중요한 세 가지를 말한다면 노력과 절약, 그리고 건강이다. 어릴 때부터 나는 내 머리가 좋지 않다고 항상 생각했다. 자격지심을 가지고 있었다. 그래서 남보다 더 많은 노력을 해야 한나고 생각하고 남들 몰래 공부를 몇 배로 더 했다. 그 결과 성적은 항상 상위권이었다. 최선을 다해서 노력하는 것이 다른 사람과의 경쟁에서 이기는 길임을 깨달았다.

어릴 때 우리 집은 남들처럼 부유하지 않고 가난했다. 그래서 절약하고 저축해 자식들에게는 더이상 가난을 물려주지 말아야겠다는 생각뿐이었다. 지출할 때는 꼼꼼히 따져보고 꼭 필요할 때만 지출하자고 아내와 다짐했다. 아내와 나는 근검절약한 덕분에 아이들을 대학교까지 보냈고 결혼도 잘 시켰다. 지금도 자식들에게 조금씩이나마 도와주며 살고 있다. 젊은 시절 절약하고 사느라 아내와 함께 고생도 많이 했지만 지금 이렇게 여유 있게 살 수 있는 것은 절약의 결과라고 생각한다.

또한 내가 지금까지 건강하게 살 수 있는 것은 부모님으로부터 물려받은 건강한 유전자 덕택이다. 최근 들어 환절기가 되면 기관지가 좋지 않아 기침으로 조금 고생하고 있지만 그래도 건강한 편이다. 건강한 몸을 물려준 부모님께 늘 감사하며 살고 있다. 골프를 치기위해 필드에 나가보면 '팔십 넘은 멤버는 처음 본다'고 캐디가 나를 신기해하며 바라본다.

후손들에게 전하고 싶은 말이 있다면 ①부족한 점은 자신이 최선을 다해 채우고 ②절약을 생활화하고 ③조상님과 부모님에게 늘 감사하는 마음을 가지고 살아달라고 말하고 싶다.

1999년 내 고향 김천에서 36년간의 공직생활을 마무리하

고 퇴임을 했다. 그동안 숨 가쁘게 살아온 인생 83살이 됐
다. 긴 세월동안 돌이켜보니 어렵고 슬플 때도 많았다. 아버
지는 86세에 어머니는 75세에 한평생 고생만 하시다가 돌
아가셨다. 효도 한번 제대로 못했다. 죄송하고 후회스러워
흘러간 옛 노래를 부를 때면 눈물이 날 때가 많다.

퇴임 후 나는 제2의 인생을 멋지게 도전해 봤다. 2002년 6
월 강북노인복지관에 등록했다. 거기서 마침 좋은 파트너도
만났다. 그리고 서예, 사군자, 탁구, 단전호흡 등 취미생활
을 하고 있다. 서예와 사군자는 대한서예대전에 출품해 여
러 번 입선도 했다. 2008년에는 실버예술제 노래사랑에서
금상을 수상해 가수인증서까지 받았다. 위문 봉사도 여러
번 했다. 요즘도 건강을 지키기 위해 노력하고 있다. 평일에
는 복지관에서 회원들과(2019년 11월 부터 코로나19 때문
에 휴관상태) 재미있게 탁구를 치고, 주말에는 테니스를 치
고 매주 1회 필드에서 골프도 치면서 친구들과 즐거운 시간
을 보내고 있다. 남은 인생 후회 없도록 노력하면서 잘 살아
가련다.

한세상
잘산다

매미 소리

'윙윙 맴맴' 매미소리가 들려온다. 낮잠이 스르르 들 뻔했는데 아파트 화단 숲에서 매미가 떼를 지어 울어댄다. 섭씨 31도를 오르락내리락하는데 매미는 덥지도 않은지 목청을 돋우고 있다.

6·25 한국전쟁 직후 초등학교 4학년이었던 그때 듣던 소리나 지금의 소리가 어쩌면 변함없이 똑같은지……, 그 시절이 생각난다.

매미를 잡기위해 시골 감나무 위로 살금살금 올라가 손으로 잡던 때가 엊그제 같다. 매미채도 없이 손으로 잡겠다고 나뭇가지를 헛디뎌 떨어질 뻔했던 그때가 지금 되돌아보니 그립다.

여름방학이면 숙제를 한꺼번에 몰아서 해놓고 일기도 미리 써두고 친구들과 들로 산으로 물고기도 잡고 버드나무에 앉아있는 매미도 잡다보면 하루해가 저물었다. 놀다가 더우면 직지천 모래사장에서 멱 감고 뛰어놀던 때가 생각난다.

"너희들이 매미보다 더 새까맣다."하고 놀리던 동네 어른 들은 벌써 저세상으로 모두 떠나가셨다.

한 평생을 울음으로 노래만 부르면서 사람들의 마음을 즐 겁게 때로는 시끄럽게 하다가 일주일만 살다 생을 마감하는 너희들은 짧고 굵게 살다가는구나. 원도 한도 없이 피를 토 하듯 노래만 부르다 전생을 다하는구나.

생로병사가 우리 인생이라 했다. 지금은 백세 시대라고 말 들 하지만 살아가는 과정은 얼마나 고달프고 복잡하던가! 유년기, 청년기, 중년기, 노년기를 거쳐 한세상 하직하게 되 니 자기의 생을 되돌아보면 결코 길지 않은 짧은 삶이었다 고 회한에 들게 될 것 같다. 많이 배운 자와 못 배운 자, 재 력이 많은 자나 적은 자, 사회적으로 출세한 자나 그저 평범 하게 살아온 사람이나 이 세상을 접고 떠날게 아닌가! 일주 일 동안 목청이 터지도록 노래하며 지낸 매미보다 인간이 더 보람된 삶을 살았노라고 그 누가 자신 있게 말할 수 있을까? 우리 인간들도 살아가면서 너무 아웅다웅 하지 말고 여생을 매미처럼 즐겁게 살다 가면 더 큰 보람이 될 수 있지 않을까?

오늘은 매미소리 때문에 낮잠을 건너뛰게 되었지만 덕분에 나도 노래 반주기에 맞추어 신나게 흘러간 옛 노래나 몇 곡 목청껏 불러 봐야겠다.

거짓말과 유머

후덥지근한 날씨는 오늘도 계속된다. 중부지방에는 호우로 인한 피해가 많은 모양이다. 실시간 TV뉴스 속보가 쏟아져 나온다. 대구는 이즈음이면 복 받은 지역인지 겨우 46mm 의 강우량이란다.

오늘부터 새로운 과목을 공부하기로 했다. 강북노인복지관 에서 '사진이 있는 에세이 쓰기'라는 문화강좌 첫 강의가 있는 날이라 마음이 설렌다. 지금까지 살아오면서 수필은 몇 번 써본 적이 없다. 연애편지나 형제, 친구들에게 편지를 많이 쓰기는 했지만 말이다. 그래서 더욱 기대가 된다.

첫 시간 손정화 선생님은 바나나 우유를 사오셨다. 하나씩 나눠 주길래 먹었다. 내가 어릴 때는 분유가 있었는데 식사 대용으로 먹었었다. 나는 우유를 볼 때마다 첫 딸을 낳은 아내가 모유가 부족해 2~3km 떨어진 시내 '은좌상회'에 가서 분유를 사오던 때가 떠오른다. 지금은 간식으로 어른 아이 할 것 없이 자주 마시는 우유. 그러나 이 바나나우유에는 바나나가 전혀 들어있지 않다는 사실을 알고 보니 붕어빵에 붕어가 없고, 칼국수에 칼이 없다는 재미있는 말들이 생각난다. 허울 좋은 이름에 속기 쉬운 지금의 세상에 두려운 마음이 든다.

편지글도 수필의 한 종류라는 사실을 오늘 알게 됐다.

민겸아, 보아라

네가 생각날 때마다 문자나 카톡으로 보내던 짧은 글이었
지만 오늘은 때마침 강북신문에서 기고해 달라는 청을 받고
내가 하고 싶은 말을 마음껏 전달할 수 있는 편지글로 내 마
음을 전해볼까 한다.

정말 귀하고 사랑스럽고 자랑스런 내 손자 민겸이!
네가 이 세상에 태어났다는 연락을 야외에서 친우들과 골
프를 치던 중 받았다. 얼마나 반가웠는지 모른다. 특히, 아
들이란 말에 운동 마치자마자 파티마병원 분만실로 달려갔
다. 내 가슴은 네 할머니를 처음 만나 데이트할 때처럼 두근
거렸단다.
금방이라도 나를 보고 웃으며 인사할 것 같은 너의 모습은
지금도 내 머릿속에 생생하게 남아 있단다.

너를 애지중지하며 키우면 행여나 응석받이가 되지나 않을
까 걱정되어 아무렇게나 키워볼까도 생각했는데 감히 그렇
게 키울 수가 없더구나. 네가 하고 싶은 대로 하게끔 너를
귀공자처럼 키우고 싶었다.

초등학교 입학하여 6년간 줄곧 전교 1~2등을 하는 너의 모
습에서 내 생에 보람을 느꼈고, 졸업식 때 졸업생을 대표해
서 졸업장을 받는 너의 모습이 너무나 자랑스러웠다. 그때
옆 사람에게 들리도록 "저 놈이 내 손자다."라며 은근히 자
랑도 했었다. 그 순간 나는 정말 행복했었다.

공부도 좋지만 건강을 위하여 운동도 하면서 중학교에서도
늘 전교 10등 안에 들고 있다니 정말 고맙고 자랑스럽다. 나
는 네가 공부만 잘한다면 얼마든지 도울 수 있고, 경제적 뒷
받침도 힘닿는 대로 해주고 싶구나.

열심히 하여 네가 바라는 대학에 갈 수 있도록 너에게 밑거
름이 되어 주겠다. 네 할머니와 나는 네가 중학생이라고는
믿기 어려울 정도로 의젓한 너의 모습이 얼마나 대견한지
모른다.

사랑한다. 내 손자 민겸아!

2017년 2월에

편애하기

우리 집안은 아주 단출한 가족이다.

2남 1녀를 둔 나는 딸이건 아들이건 아무 생각 없이 키웠다. 초 · 중 · 고등학교 그리고 대학교까지 졸업시켰다. 자식들은 직장을 구하고 자기 짝을 만나 결혼을 했다.

며느리 될 아이의 미모, 빈부도 따지지도 묻지도 않고 오직 내 자식만 위한다면 나는 무조건 좋다고 말했다. 물론 사윗감도 내 딸을 평생 동반자로 생각하고 생활력만 강하다면 충분히 만족한다고 생각해왔다. 내 뜻대로 모두 결혼을 시켰다. 내 생각에 90% 이상 만족할 정도로 되었다. 그리고 친손주와 외손주도 생겨 모두 6명이나 된다.

명절 때면 모두 모여 14명의 식구가 온 집안을 들썩이게 하고 하루가 다르게 아이들이 쑥쑥 자라는 모습을 보면 나도 많이 늙어가고 있음을 실감하게 된다.

그런데 큰 아들은 딸만 둘이고, 작은 아들이 손자 손녀를

낳아 친손자는 하나뿐이다. 명절 때나 생일에 모두 모였을
때 손자에게만 편애를 하면 집사람은 민겸이(손자)에게만
너무 눈길 주지 말라고 주의를 주기도 한다. 큰 며느리가 섭
섭해 할 수 있다는 것이다.

 어린 손자손녀들이 우리 집에 '할머니~ 할아버지~' 하면
서 우르르 들이닥치면 제일 먼저 손자가 내 무릎에 앉는다.
그러면 손녀들은 모두 옆으로 비켜난다. 손자가 재롱을 부
리면 손녀들은 눈에 들어오지 않는다. 나도 모르게 손자를
혼자 가진 듯 오만한 편애가 시작되는 건 어쩔 수가 없다.

 김치냉장고를 처음 사들여 온 어느 추석 무렵이었다.
김치냉장고에 부착된 파랗고 빨간 불빛이 나는 버튼을 손녀
들이 켰다 껐다를 반복해 만지고 있었다. 나는 고장 난다며
만지지 말라고 손녀들에게 주의를 주었다. 그런데 손자가
와서는 여기저기 누르며 껐다 켰다를 반복하는데, 그 고사
리 같은 통통한 흰 손이 얼마나 귀엽고 사랑스러웠는지 주
의를 주는 것도 잊고 쳐다만 보고 함박웃음을 짓고 있었다.
 집사람은 "요즘은 아들 딸 구분 없는데 왜 차별하느냐."고

따지지만 나는 아들 딸을 편애하는 것은 아닌데 나도 모르게 그만 그렇게 되고 만다. 지금 돌아보니 예쁜 손녀들에게 미안한 마음이 든다.

 이제는 손자 손녀들이 모두 성장해 고등학교와 대학에 다니고 있다. 지금은 손녀들의 애교가 더 사랑스럽고 안아주고 싶어진다. 손녀들은 때때로 찾아와 춤도 추고 노래도 불러 우리 부부를 즐겁게 해준다. 그럴 때면 어릴 때 잠시나마 편애를 한 내가 부끄럽고 미안해진다. 때때로 용돈도 주곤 한다.

 그러나 요즘은 손자 녀석이 오면 "안녕하세요?" 인사만 하고는 스마트폰을 만지며 혼자 시간을 보내고 있다. 그런 모습에 때로 서운한 생각이 들기도 한다.

 한 해 두 해 나이를 더해가니 조그마한 일에 편애를 한 것이 쑥스럽기만 하다. 이제 남은 여생은 손자 손녀 구분 없이 똑같이 귀여워하고 사랑하면서 살아가련다.

포구나무

수십만 종의 나무들이 산과 들에 서식하고 있다. 나무는 주위에서 흔하게 볼 수 있다. 나무들마다 가만히 바라보고 있으면 모든 나무들이 나름의 의미를 간직하고 있는 것 같다. 말없이 한 자리에서 사계절을 견디며 우리에게 희망을 주고 많은 추억도 만들어준다. 나무는 서로 시샘하지 않고 묵묵히 각자의 역할을 하며 꿋꿋하다. 한 줌의 물과 햇살의 고마움에 넉넉해하며 살아가는 것이 나무의 속성이 아닐까?

많고 많은 나무 중 포구나무와 얽힌 사연을 이야기해볼까 한다. 포구나무를 팽나무라고도 하는데 물기가 많은 땅이나 마른 땅에서도 잘 자란다. 특히, 뿌리가 깊고 비바람에도 강해서 냇가 둑에 많이 심어져 있다.

내가 살던 고향 김천 시골마을 앞에는 직지천이 흐르고, 냇가 둑에는 나이 많은 포구나무가 있었다. 이 포구나무는 어린 시절 아름다운 추억이 가득 담겨있는 정겨운 나무였다.

초등학교 시절, 학교 갔다 오면서 동네 친구들과 냇가에서 멱을 감고 물장구치며 새까맣게 태운 몸으로 포구나무 위로 누가 더 높이 올라가는지 겨루기를 했다. 지금 생각하니 위험천만한 짓이었다. 병정놀이를 한다고 포구나무를 꺾어 총을 만들고 나무열매를 총알 삼아 친구얼굴에 쏘기도 했다. 총알을 맞고 붉어진 얼굴을 서로 쳐다보며 따끔거리고 아픈 것도 잊은 채 깔깔대고 웃었다. 지금 생각하니 잊지 못할 추억이다. 그때 함께 놀았던 죽마고우 중 절반 이상 이미 저세상으로 가버리고 없다.

대학교 다니던 그 시절 또한 잊지 못할 사연이 있다. 내 고향 '부거리'는 김천역에서 북동쪽으로 4km정도 떨어져 있고 동네 앞에는 맑은 시냇물이 사시사철 흐르는 아름다운 고장이었다. 동네 가구 수는 130호 정도였는데 시골마을 치고는 꽤 큰 마을이었다. 우리 마을은 이렇다 할 만한 큰 부자는 없었다. 논밭 20~30마지기를 소유한 농가는 겨우 몇 집뿐이었다. 나머지는 서로 품앗이로 농사를 지으며 생계를

유지해 자식들을 초·중학교만 겨우 보냈다. 고등학교를 보
내기에는 힘겨운 살림들이었다. 대학교를 보낸다는 것은 아
예 엄두도 낼 수 없던 가난한 시대였다.

 우리 집은 동네 뒤 천봉답 두 마지기와 동네어귀에 물구덩
이 논까지 합쳐서 다섯 마지기(1,000평)가 전부였다. 이런
형편에 내가 대학에 진학한다는 것은 너무나 벅찬 일이었
다. 아버지와 어머니가 환갑을 바라보고 있었다. 나보다 7
살 많은 형님이 부모님을 겨우 설득해 진학을 할 수 있었다.
형님은 "내가 못 배운 것이 한이 되더라. 너는 머리가 좋으
니 꼭 대학에 가야한다."고 항상 말했다. 당시 형님은 외자
청 김천사무소 촉탁직원이었다.

 1958년 경북대학교에 입학했다. 당시 입학금이 80만환이
었는데 당시로서는 꽤 큰돈이었다. 농사지은 쌀, 보리를 시
장에 내다 팔고, 모자란 돈은 형님이 마련해 주었다. 남들처
럼 대구에서 하숙을 한다는 것은 엄두도 못 낼 형편이어서
처음에는 통학을 했다. 대구역에서 오후 5시 40분에 출발하

면 저녁 7시 50분이 되어야 김천역에 도착할 수 있었다. 그 당시에는 열차가 20~30분 연착하는 일이 다반사였다.

열차에서 내려 집으로 가는 길에 시냇가를 건너면 방천 둑에 포구나무 한 그루가 나를 반겨주었다. 가끔씩 늦게 오는 날이면 어머니가 기다리고 계셨다. 비오는 날이면 우산을 가지고 초롱불을 밝히며 기다리셨다. 어머니는 비에 젖은 교복을 털어주며 그렇게 행복해 하셨다. 그런데 수시로 마중 나오는 어머니는 나에게 특별한 목적이 있었다. 남의 집 농사일을 해 모은 몇 백 환의 돈을 포구나무 아래에서 내게 건네주시곤 했다. 집에서 주면 형님, 형수 눈치 보인다하시면서. 손바닥이 거북등 되도록 일을 해서 받은 돈을 용돈 하라고 내게 주시던 어머니의 마음을 생각하면 지금도 가슴이 시려온다. 고되고 힘겨운 일로 한 푼 두 푼 모은 돈을 내게 주신 것이다. 생각할수록 눈물이 난다.

지금은 추억의 포구나무가 뽑혀버리고 없어졌다. 1970년대 산업화 물결 속에 경부고속도로 공사로 포구나무가 사라져 안타까운 마음을 금할 수 없었다.

이제 포구나무는 없지만 그때 그 시절 어머님과의 추억의 영상은 생생하게 내 기억 속에 살아있다. 동구 밖 포구나무 아래서 보리밭, 콩밭에 김매시며 더운 여름 땀 흘려 번 돈을 내 손에 꼬옥 쥐여 주시던 엄마를 평생 잊지 못한다.

이제 며칠 있으면 어머니의 기일이다.

(2009. 8.)

나 어릴 적에

세상을 어느 정도 살다보면 누구나 어린 시절의 일들을 떠올려보게 되는 것 같다. 자신의 허물을 말하기 쉽지 않지만 나의 어린 시절을 한번 되돌아볼까 한다.

내가 어렸을 때 누나가 둘 있었는데 결혼을 해 대구와 순천에서 살고 있었다. 그래서 아버지, 어머니, 형님과 나 이렇게 네 식구가 살았다. 형님은 나보다 일곱 살 많았고 나는 아버지 나이 쉰에 얻은 막내아들이었다. 내가 말썽을 부리면 덤으로 낳은 아들이라고 놀리기도 했다.

나는 아버지보다는 어머니를 더 좋아했다. 본능적으로 이성에 더 끌린다는 프로이드의 심리학이 증명이라도 하듯 어머니에게 집착을 했다. 잠시라도 내 눈앞에 안보이면 불안해서 어머니를 찾아 헤매곤 했다.

우리 마을은 130호 가구로 제법 큰 마을이었다. 저녁이 되면 모두 모여 놀기 일쑤였다. 내가 놀다가 집에 왔는데 어머니가 계시지 않으면 올 때까지 자지 않고 기다렸다가 어머니를 보고서야 잠을 잤다. 학교 갔다 와서 어머니가 보이지 않으면 논이든 밭이든 찾아가 얼굴을 보고나서야 집에 와서 숙제도 하고 아이들과 놀았다.

지금 생각하니 나 때문에 어머니가 얼마나 귀찮았을지 짐작이 간다. 괜히 부끄러워진다. 늦둥이라 그런지 동네에서도 소문이 났다. 늘 어머니를 찾으러 다녔기 때문이다.

초등학교 2학년 때, 매우 추운 겨울이었다. 일요일이고 동짓날이기도 했다. 내가 방에서 공부를 하고 있었는데 어머니가 조그만 보따리를 옆에 끼고 집 밖으로 살며시 나가시는 것을 보게 됐다. 그걸 놓칠세라 얼른 뒤따라 나갔다. 동네 어귀에서 어머니는 김천농림학교 쪽으로 가시는 게 아닌가? 쫓아가서 어머니를 잡고 어디 가시느냐고 물었다. 어머니는 "추운데 너는 집에 있어라. 엄마는 절에 잠시 다녀오마."라고 하셨다.

그 당시 6km 정도 떨어진 산속에 '구화사' 라는 조그만 절이 있었다. 나도 같이 따라 가겠노라고 눈물을 글썽거리며 매달렸지만 어머니를 따라갈 수 없었다. 어머니는 뒤돌아보지도 않고 좀 전보다 빨리 걸어가셨다. 내가 뒤따라가자 흙덩이를 내 앞으로 던지며 못 따라오게 하셨다. 화가 난 나머지 나는 깨진 질그릇 조각을 어머니에게 던졌는데 그 질그릇 조각이 어머니 머리에 맞아 피가 흘렀다. 그러자 어머니는 내게 급하게 달려와서는 "너 몰래 얼른 갔다 오려고 했는데. 괜찮다. 그래, 오냐, 오냐." 하시면서 나를 안아주셨다.

어머니는 이마에 흐르는 피를 닦고는 "춥지만 같이 갔다 오자."고 하셨다. 어머니가 옆에 낀 보자기에는 쌀 한 되박이 들어있었는데 그건 절에 시주할 쌀이었다.

그날 나는 절에서 주는 점심을 잘 먹었다. 반찬은 내가 좋아하는 무말랭이였다. 맛있게 밥을 먹고 어머니 손을 잡고 집으로 돌아왔다. 지금도 무말랭이 반찬만 보면 엄마 생각이 난다.

어머니는 늘 자신보다 가족을 위해 불교 교리는 잘 몰랐지만 부처님께 늘 기도하며 사셨다.

나의 영원한 동반자

 지금으로부터 56년 전, 1965년 4월 1일 만우절이었다. 그 때 만우절은 다른 사람을 잘 속이면 마치 행운처럼 생각하면서 자잘한 거짓말로 하루를 보내던 시대였다.

 이날 퇴근시간이 다 되어 혼자 사무실을 서성이고 있었다. 다른 직원들이 삼삼오오 퇴근을 서두르고 있었다. 그 당시 나는 농촌 지도직 임시 직원으로 있었고 '총무처 시행 국가 공무원 시험' 결과를 기다리고 있던 때였다. 평소 친구처럼 지내던 시청 소속 Y양과 K양이 놀러왔다.

 그때 전화벨 소리가 요란하게 울렸다. 그렇게도 기다리던 '총무처 시행 국가 공무원 시험'에 합격했음을 알리는 전화였다. 함께 있던 Y양과 K양도 축하해 주었다. 그런데 갑자기 오늘이 만우절이라는 것이 떠올랐다. 혹시나 해서 총무처 고시과에 확인 전화를 했다. 합격은 사실이었다.

그리고 며칠이 지난 후 Y양과 K양이 우리 집에 놀러온 적이 있었다. 그때 어머니는 그 중 한 사람을 며느리 감으로 점 찍어둔 모양이다. 어머니는 '네 왼쪽에 앉은 아가씨가 체격도 좋고 살결도 뽀얗고 심성도 참 좋아 보이는데 우리 부엌에 들어오면 그득할 것 같은 생각이 든다.' 며 은근히 마음에 두셨던 것이다. 나는 어머니 뜻에 따르기로 했다.

이 무렵 김천문화센터건립기념 노래자랑대회가 있었다. Y양은 가곡 '보리밭'을 불렀고, 나는 '아 목동아'를 불렀다. Y양은 당당히 1등을 하고 나는 5등을 했다. 이 노래자랑대회가 우리 사이에 큰 선물이 된 셈이다. 1년을 열렬히 사귀다 1966년 3월 7일 드디어 결혼을 했다. Y양이 바로 지금의 아내 윤정자이다. 그렇게 우리는 백년가약을 맺었다. 우리 부부는 결혼해 1년 반 정도 부모님을 모셨다. 형님과 형수님이 맞벌이를 하고 계셔서 부모님을 모시고 함께 살았다. 1년 뒤 살림밑천이라는 딸을 낳았고 2년 뒤에는 연년생으로 아들을 낳았다. 삼남매를 집에서 다 낳았다. 어머니의 도움으로 내가 산파역을 직접 했다. 어머니는 살림 잘하고 아들딸 쑥쑥 잘 낳아주는 며느리가 마음에 들어 흡족해하셨다. 첫딸 돌이 채 되기 전에 전출되어 포항시 동해면에서 객지 생활을 시작했다. 아내는 아이들 뒷바라지하며 작은 월급으로 살림을 잘 꾸려 나갔다. 깐깐한 내 성격을 맞추느라 정말 고생이 많았다.

세월이 흘러 38년간의 공직 생활을 무사히 마쳤다. 무사히 정년퇴임하는 나는 모든 공을 아내에게 돌리고 싶다. 9년 전 아내는 양쪽 무릎 관절수술을 했다. 경과가 좋지 않아 다시 서울에서 재수술을 했다. 그런데도 통증이 낫질 않았다. 그런 아내를 보는 마음이 늘 아프다. 그러나 이제는 숙명적으로 받아들이고 있다.

이제 결혼 56주년이 지나갔다. 아내와 건강하게 오래오래 즐겁게 웃으며 살고 싶다. 때로는 토닥토닥 싸울 때도 있겠지만 더도 말고 덜도 말고 늘 지금처럼 건강하고 행복하게 살고 싶다, 아무런 걱정 없이, 한 평생을……

한세상
잘산다

복숭아 서리

중학교 3학년 무더운 여름밤이었다.

직지천에서 친구들과 야간 목욕을 마치고 동네 어귀에 올 때쯤 친구 하나가 긴급 제안을 했다.

"동네 뒤에 있는 L노인 복숭아밭에(지금은 개발되어 아파트 단지가 조성되었음) 서리하러 가자"는 것이었다.

3총사는 주요 안건에 반대하면 친구에서 떼어내기로 약속을 했기 때문에 싫어도 같은 행동을 해야 하는 불가피한 처지였다.

우리 세 사람은 간편 복장으로 무장을 하고 산비탈을 살금살금 기어올랐다. 계단식으로 밭을 만들어 재배한 복숭아밭 높은 곳에 원두막을 만들어 놓고 호롱불을 밝혀 지키고 있었다. 나이 많은 노인이 무슨 소리를 들은 건지 L영감님은 헛기침을 하면서 담뱃대를 빈 깡통에다 터는 소리가 우리들 귓전을 때리고 우리들을 깜짝 놀라게 만들었다. 나는 겁에

질려 개울가에 주저앉아 한 발자국도 움직일 수 없었다.

친구 둘은 주머니에 잘 익은 복숭아를 잔뜩 따서 내려왔다. 그러나 나는 하나도 따지 못한 채 빈털터리로 한 곳에 모였다.

친구들 보기 너무 미안했다.

"너는 복숭아를 1개도 못 따왔으니 산중턱에 허수아비가 있는데 웃옷을 걸쳐 놓았으니 주머니에 돈지갑이 있는지 뒤져보고 가져와."라는 것이었다.

그들의 결정 사항을 따르지 않으면 왕따 당할 수 있기 때문에 즉시 살금살금 허수아비 쪽으로 숨을 죽이며 기어 올라갔다. 허수아비에 걸쳐놓은 조끼옷을 떨리는 손으로 뒤지는 순간 산비탈 아래로 허수아비가 쓰러지고 말았다. 나는 엄마야! 라고 고함치며 혼비백산이 되어 도망을 쳤다.

친구들 보기 정말 미안했다.

하지만 서리해온 복숭아 몇 개를 얻어 잘 먹었다.

크고 잘 익은 토마토

김천고등학교 1학년 때 일이다.

비가 오려는지 밤인데도 푹푹 찌는 여름밤이었다. 학교숙제를 다 마치고 휴식을 하는 중이었는데 친구 둘이 찾아왔다. 당시 친구들은 김천고등학교에 낙방하고 실업계 농림고등학교에 다니고 있었다. 나 혼자만 김천고에 입학했기 때문에 같이 놀아주지 않으면 은근히 질투하며 시기하기가 일쑤였다.

그래서 나는 반갑게 맞이해야 했었다.

친구들 이야기가 "오늘 농장 실습시간에 잘 익은 토마토를 봐 두었는데 지금 서리하러 가자."는 것이었다.

나는 속내는 싫었지만 거절하면 삼총사로서 의리에 금이 갈까 두려워서 승낙을 하였다.

밤 12시가 좀 넘어 간단한 옷으로 복장하고 우리 동네에서 4km쯤 떨어진 K농고 토마토 농장으로 갔다. 쿵쾅거리는 내 가슴을 가까스로 진정시키면서 손으로 만져 큰 것만 골라 옷 안쪽에다 가득 채웠다. 우리 셋은 동네 직지천 냇가 모래사장에 묻어놓고 내일 학교 갔다 와서 여기서 만나자고 약속을 했다.

다음날 모래사장에 묻어둔 토마토를 캐보았다. 이게 웬일일까? 크고 물렁한 토마토가 흰 페인트칠을 한 것이었다. 학교에서 종자로 채취하려고 한 토마토라서 표시를 해둔 것이었다. 우리 세 사람은 허탈한 마음으로 서로 쳐다보며 웃기만 했다.

닭장 털기

가을 찬바람이 살살 불어오는 추석명절을 앞둔 가을밤이었
다.

저녁을 먹은 뒤 친구 둘이 찾아왔다. 우리는 고2니까 내년
에 고3이 되면 공부만 해야 하니까 오늘 저녁 서리 작전에
성공하고 학업에만 열중하자고 동의했다.

K농고에 있는 닭장을 털자는 작전이었다.

그건 너무 겁나는데 하지 말자고 했으나 모두 막무가내였
다. 이 친구 중 하나는 학교에서 닭을 부화하는데 책임 학생
으로 실습 조장이었다. 학교 숙직실 옆에 닭장에서 노지에
암수 10마리 정도 그냥 자고 있다는 것이었다.

우리 셋은 옷을 간단히 갈아입고 자정쯤 되어 현장으로 출
동했다. 현장 숙직실에 백열등이 환희 밝혀져 있고 당직 선
생은 코를 골며 한밤중이었다.

나는 이들에게 닭 잡는 방법을 배웠다.

"손바닥을 닭의 날개에다 살며시 넣으면 닭은 가만히 있어. 그때 살며시 사람 품에 안아주면 된다."고 했다.

모의 실습한대로 한 마리씩 품에 안는 순간 이게 웬일인가? 내가 안고 있던 닭이 그만 똥을 확 싸는 바람에 나도 몰래 '엄마야!' 소리치고 닭을 땅에 떨어뜨리고 말았다.

우리 셋은 36계 줄행랑을 쳐서 얼마나 멀리 왔던지 멀리 떨어진 들녘에서야 멈췄다. 당직 선생은 다행히 우리를 따라오지 않았다. 두 친구는 닭을 끝까지 가슴에 품고 있었다. 하지만 나는 닭똥 냄새만 풍기고 서 있었다.

"영완이 너는 공부말고는 잘 하는게 뭐 있니!"

우리는 서로 쳐다보면서 웃기만 했다.

나는 친구들 보기 너무 미안해서 "다음에는 꼭 성공 하겠다."고 또 약속을 했다. 하늘나라에 있는 종연, 삼연아, 진심으로 명복을 빌겠네.

물고기와 개구리

1966년 초가을, 10월 공휴일이었다.
우리들 나이가 20대 후반이었다.
동네 친구들과 물고기를 잡으러 갔었다.
모두 결혼한 지 2~3년 된 신혼부부 다섯 쌍이었다.

 동네에서 3km정도 떨어진 장지들로 모든 장비를 갖추고
시끌벅적하게 동네를 떠났다. 현장에서 매운탕 끓일 준비도
완벽하게 했다. 물고기를 잡기 위해 도랑에 도착했을 때 나
는 큰 고민이 생겼다. 나는 평소 모래밭 외에 풀밭이나 개울
가를 맨발로 다녀보지를 못했다. 가시가 발바닥을 찔러대는
느낌 때문에 걸음을 못 걷는 공포증 같은 게 있었다. 나는
친구들에게 나의 애로사항을 토로했다.
"그럼 너는 우리가 잡는 물고기 소쿠리와 바켓을 들고 다녀
라."는 말에 얼씨구나 좋다고 했다.

　다행히 고기가 많이 잡혔다. 그러나 바켓이 무거워 들고 따라 다니기가 장난이 아니었다. 하지만 내게 부여된 임무를 다하려고 내색을 하지 않고 들고 다녀야했다.

　이때 나에게 돌발 상황이 발생했다. 뭔가가 내 발에 물컹하게 밟혔다. 순간 나는 "엄마야!"하고 고기 소쿠리를 그냥 던져버렸다. 친구들이 놀라 왜 그러냐고 묻자 나는 "뱀 밟았다!"고 고함쳤다. 모두가 달려와 확인을 해보니 그건 뱀이 아니라 개구리를 밟은 것으로 확인되었다. 소쿠리가 완전히 쏟아져 그 많던 물고기들은 도랑으로 흩어져 사라져 버렸고 풀밭에 있는 고기만 대충 잡아 소쿠리에 담았다. 친구들 보기보다 부인들 보기에 더 민망했다. 이때 다른 친구 부인들은 배꼽이 빠질 듯 웃는데 아내는 웃지도 못하고 내가 안쓰럽다는 눈빛으로 풀숲에 있던 물고기를 잡아 소쿠리에 담았다.

　매운탕을 얼큰하게 만들어 소주잔을 기울이면서 다섯 쌍의 부부는 화기애애하게 이야기를 주고받았다. 술기운이 돌자 친구들은 나를 보고 "너는 과일 서리도 제대로 못하고, 잡은 물고기도 다 쏟아 버리고 뭐 하나 잘 하는 게 없네."

또 한바탕 웃음바다가 되었다.

그러자 다른 친구 하나가 "저놈은 공부 하나는 잘했다. 김천중고등학교에 혼자 거뜬히 합격했으니까."하고 모두가 한바탕 깔깔깔 웃는 바람에 나는 위축되던 기분이 좀 풀렸다.

아름다운 날들

사람이 세상에 태어나
자기의 수명을 다할 때까지
얼마나 많은 희로애락을 겪으면서 살아왔겠는가?
80평생을 살다 되돌아보니
괴롭고 어려웠던 날들보다
즐겁고 아름다웠던 날들이 훨씬 많은 것 같다.

우리 집안은 아주 단출한 편이었다.
나는 3남매(2남 1녀)를 두었다.
자식들이 출가한 지 3~4년 되어서 손녀들만 낳아
나는 아들 손주를 기다리게 되었다.
우리 세대는 남아선호에 깊이 물들어 있었고
은근히 손자를 기다렸다.
퇴직한 친구들과 야외 운동을 즐기고 있던 어느 날 오후

갑자기 핸드폰 벨소리가 요란스럽게 울렸다.

아내의 목소리였다.

"당신이 그토록 기다리더 손자를 낳았어요."하며 기뻐하였다.

둘째 며느리가 내게 손자를 안겨주었다는 기쁜 소식이었다.

나는 대구파티마병원 신생아실로 달려가 손자와 첫 대면을
했다.

혈육이라 그런지 수십 명 신생아 중에서 내 손자의 이목구비
가 제일 또렷해 보였다.

그 날이 2002년 2월 20이었다.

나는 전쟁터에서 천군만마를 얻은 장수처럼 내 생애 제일 큰
기쁨을 맛보았다.

입영일지

1960년도 2월이었다.

음력설을 며칠 앞두고 나는 국방의 의무를 다하기 위해 자원입대하였다. 재학 중에 입대하면 학보병으로 18개월 복무기간의 혜택도 받을 수 있었다. 또한, 등록금 때문에 고생 많으신 부모님 걱정도 덜 수 있겠다고 생각되어 3학년을 마치고 논산행 군용 열차에 몸을 실었다.

2월 11일 새벽 3시쯤 논산역에 내렸다.

꽁꽁 얼어붙은 찰흙 땅위, 흰 눈이 펄펄 날리는 그야말로 엄동설한의 서글픈 새벽이었다. 300여 명의 입대자를 통솔하는 기관병 호루라기 소리가 요란스럽게 새벽 공기를 갈랐다. 논산훈련소까지 행군하여 입소했다. 그리고 소속 부대로 배정받았다.

새벽 6시쯤 어둠이 깔린 훈련소 식당에서 풍겨오는 시래깃

국 냄새에 처음에는 거부감이 들었다. 종일 지친 몸이라 출출했기에 한 숟갈씩 먹기 시작했다. 평생 처음으로 먹어보는 군대 식사였다. 집에서 어머니가 해주는 따끈한 된장국보다는 못해도 배가 고파서인지 그런대로 괜찮았다.

아침 점호를 마친 후 선임하사관이 "너희들은 관물함에 있는 내의를 빨아야 한다."고 했다. 세탁비누를 5인마다 1개씩 나누어 주었다. 기관병 안내로 15분쯤 걸어서 개울가에 갔다.

"여기서 30분 내로 깨끗이 빨아서 집합한다. 알겠나!"

"옛!"

복창하고 나는 세탁물들을 개울에 담갔다가 비누칠을 했다. 세탁물에 거품이 전혀 일지 않았다. 손이 얼어 터지는 듯했다. 그런데 옆 사람을 살펴보니 대부분 빨지 않고 그냥 옷만 껴안고 있었다. 이때 누군가 나에게 "너는 이 추운데 빨아서 어떻게 말리려고 그러냐? 그냥 빨았던 것처럼 입으면 되지. 군대는 요령이 있어야 편한 것이야."하는 것이었다.

  나는 순진하게 시키는 대로 하다 보니 이런 생고생을 했었
다.

  손발 끝이 얼어 터지는 고통은 내 생애 처음 겪는 큰 고통
이었다. 60년이 지난 지금 와서 생각하니 그때 고통조차도
젊은 시절의 좋은 경험이요, 아름다운 추억이다.

여보, 사랑해

지나간 세월은 참으로 아름다웠다.
하지만 지나간 세월은 다시 되돌아오지 않는다.

빠르게 지나간 결혼 생활 56년!
기나긴 세월 동안 내가 하고 싶은 일도 많았다.

나는 남편이란 이유만으로 하고 싶은 말 그리고 하고 싶은
짓거리 다 하고 살았다.
지금 생각하면 더 할 말이 없다.
이제 와 생각하니 그렇게 살아온 세월이 못내 아쉬움만 남
는다.
하지만 꼭 한마디 하고 싶은 말이 있다면

여보, 당신을 진정 사랑해!

지금까지 같이 살아 줘서 고맙고,
내 나쁜 점들을 참고 견디어 줘서 고마워.

"우리 이 세상 다하는 날까지
서로 사랑하면서, 아끼면서 살아갑시다."

주문을 외워 본다

 그다지 힘겹게 살아온 것도 아니었는데 되돌아보니 내 자신을 사랑하는 내가 아니었으면 어찌 지금의 내가 있었겠는가. 생각해보면 누구보다도 대견한 80평생을 살아왔다고 생각한다.

 어릴 적 막내로서 재롱을 많이 부렸겠지.

 부모님도 나만 보면 농사일에 지친 심신의 피로도 풀렸을 것이라 생각하니 더욱 내가 소중해진다.

 내가 결혼하여 가정을 이루고 아들, 딸 낳고 별탈 없이 지금까지 건전한 가정을 꾸려나가는 내가 어찌 자랑스럽지 않겠는가?

 하지만 내가 저지른 잘못도 적지 않다. 가정에서 가족들에게 양보 없는 권위의식 때문에 마음이 상했을 아내와 자식들 심경도 헤아리지 못한 지난날이 부끄럽기만 하다.

 이제는 배려와 양보로 좀 너그러운 마음을 가질 때가 된 것
같다. 그나마 지금은 옛날보다는 아주 부드러운 마음을 가
지려고 노력은 하지만 아직도 부족한 듯하다.

 나는 나 자신을 사랑하기 때문에 항상 크게 웃고, 즐겁고
더 희망찬 날들이 오기를 기다릴 뿐이다.

"모든 사람을 사랑하자.

나는 노래만 불러도 즐겁고 행복하다.

세상에 걱정 없다."

괜찮다! 주문처럼 외치며 살아가련다.

남은 인생은 웃음과 행복으로 살면서

나를 더 사랑하리라!

취미가 나를 움직이게 한다

나는 어릴 적부터 욕심이 유난히 많았다. 막내로 태어난 탓인지는 몰라도 남이 잘하는 걸 보면 흉내라도 내야 직성이 풀리곤 했다. 공부는 그렇지 못했는데, 나름 열심히 해봤지만 탁월한 성적을 얻지는 못했던 것 같다.

#1

김천중학교 1학년 가을에 김천시민체육대회가 열렸다. 거기서 본 기계체조가 나를 자극했다. 그날로 기계체조부에 들어가 평행봉, 철봉, 텀블링 등을 맹훈련하였다. 그러던 어느날 공중 2회전을 연습하다 매트에 잘못 떨어져 허리와 엉치 뼈에 심한 타박상을 입고 중도에 그만 포기했다.

#2

나는 태권도에 큰 관심을 가졌다. 왜소한 체격 때문에 남

앞에 당당하게 나설 수 있는 배짱이 적었다. 나 자신만의 호신술이 있어야 사회생활에도 도움이 될 것이고, 남이 나를 얕보지 않을 것이라는 생각도 들었다.

 김천 승남도장 관장(지인)을 찾아가 당장 입관하여 5년 동안 대련, 격파훈련 등을 열심히 한 결과 대한태권도협회 김운용 회장으로부터 4단 단증을 받는데 성공했다.

 때는 88올림픽이 개최되는 해 연말로 내가 청송군 농업센터 소장으로 재임 시 연말 송년회가 있던 날이었다. 관내 기관 유지 등과 의회의원들도 참석해서 즐기는 중이었다. 군수, 서장과 주요 기관장은 일찍 집으로 가고 10여명이 남아 환담하던 중이었다. 이때 관내 유지 권모씨가 내게 와서 "지도기관이 뭐가 필요한가, 없애야 한다!"고 시비를 걸면서 느닷없이 내 뺨을 때리는 것이었다. 갑자기 벌어진 일에 놀란 의회의원과 의장이 가까스로 말려 그는 집으로 돌아갔다. 그 자리는 내게 객지이기도 했고, 기관 책임자 신분이었기 때문에 참을 수밖에 없었다.

 나는 등 떠밀려 집으로 돌아가는 권모씨에게 "좀 있다 당신

집에 갈 테니까 조금 있다 만나자."고 했다. 송년파티를 마치고 나는 권모씨 집으로 의회의장인 심씨와 갔다. 권모씨를 불러내어 아파트 앞에 나오는걸 보고 나는 "당신이 나를 무시하고 우리 기관을 무시했기 때문에 결판을 내러 왔다."고 얘기하며 의회의장 입회하에 한 판 결투를 하자고 했다. 그러자 권모씨도 좋다고 했다. 그는 뚱뚱하고 체격이 좋았다. 마침내 결투는 시작 되었다. 나는 빠른 이단 옆차기로 가슴을 후려 쳤다. 권모씨는 "아이고, 나 죽는다. 지도소 소장이 사람 죽인다." 라고 소리치면서 쓰러져 움직이지도 않았다. 나는 의회의장한테 이제 되었고 권모씨가 부상당했으면 내가 책임지고 치료해주겠다고 하고 관사로 돌아왔다. 나를 무시하고 우리 기관을 무시하는 자를 통쾌하게 무너뜨린 기억이다.(후일담은 생략함)

#3

직장생활을 왕성하게 하던 1974년도 선산군에 근무하던 시절이었다. 저녁 TV 스포츠뉴스를 보다가 늘씬한 한 여성이 테니스를 하는 모습을 보고 한눈에 반해버렸다. 야! 감탄사가 절로 나왔다. 아름다운 스윙을 보고 황홀경에 빠진 나는 무조건 테니스를 쳐야겠다고 작정했다.

시작해보니 기대 이상으로 흥미롭고 재미가 보통이 아니었다. 아침저녁으로 잘 치는 사람들을 귀찮게 해가면서 열심히 배웠다.

경상북도 농업기술원 과장 때였다. 전국 지도공무원 테니스 대회인 '농업진흥청장배'에서 3연승을 기록하기도 했다. 경상북도 직장대회에서는 포항제철 팀과 준결승에서 맞붙게 되었다. 이때 포항제철 팀의 작전 계획이 나를 집중 공략하기로 한 듯했다. 그러나 발리면 발리, 스매싱이면 스매싱으로 완벽하게 방어하며 막아냈다. 경기 결과 3대2로 패하기는 했지만 손에 땀을 쥐는 멋진 게임이었다.

나는 76세까지 아파트 테니스코트에서 주민들과 플레이를 했지만 뛰기 힘든 나이가 돼 45년간 애지중지하던 라켓을 이제는 내려놓았다.

#4

다음은 골프 운동이다. 공무원생활 퇴직 5년을 앞둔 1995

년 의성군에 근무할 때였다. 당시 관내 기관장 모임에서 우연히 골프 이야기가 나왔다. 마침 의성 원당리에 골프연습장이 처음 개장되었을 무렵이다. 당시 S군수, K서장, U통신공사 지사장 등 6~7명이 매일 새벽에 연습장에서 열심히 운동을 하였다. 2~3개월쯤 지나 필드에 나가고 싶어 하니까 코치인 박 프로가 자세를 완전히 익혀야지 어설픈 폼으로 필드에 나가면 발전성이 없다고 했다.

드디어 6개월이 지난 어느 날 소위 머리 올리러 예천 모 공군부대 골프장에서 어설프나마 첫 플레이를 했다.

김영삼 대통령 시절, 대통령이 유럽으로 해외출장 중이던 때였다. 당시 공무원들이 골프를 많이 친다는 여론이 있어, 총리실에서 특별 감사반을 만들라는 지시가 내려진 상태였다. 하필 우리가 필드에 나간 그날(일요일)이 전국 골프장을 점검하던 날이었다. 예천 공군부대에서 군사 기밀상 명단을 공개할 수가 없다고 강경히 버틴 덕분에 우리 명단은 공개되지 않았다. 며칠 뒤 일간 신문마다 공무원 골프 치는 기사가 공개되어 많은 공무원들이 욕을 먹기도 했다.

퇴직 후 시간을 내 더 많은 연습을 하여 매주 1회 필드에 나가곤 한다. 경제적 부담이 다소 있기는 하지만 파란 잔디 위를 걸으면서 친구들과 나누는 다정한 대화들은 이 세상 무엇과도 바꿀 수 없는 즐거움이다. 아무리 몸이 피곤해도 필드만 다녀오면 기분이 상쾌해진다. 그때 함께 운동하던 친구들은 모두 골프에서 손을 놓았다.

지금은 새로 사귄 또 다른 친구들과 매주 라운딩하면서 한 주일을 멋지게 보내고 있다. 골프는 인생과 비슷한 면이 많아 더 매력적인 운동이다.

#5

다음은 노래 부르기다. 노래는 내 삶의 대부분이라 해도 과언이 아니다. 밤낮없이 시간이 나는 대로 기타 치면서 흥얼거리는 게 소일거리 중 하나다. 솔직히 내 노래 실력이 좋지는 않다. 하지만 대학시절에는 강의시간을 빼먹고 유행하던 노래(최무룡 주연 영화에 나왔던 노래인 〈외나무다리〉)를 농화학과 학생 모두 배우게 했던 추억도 생각난다.

1960~70년대는 추석이 되면 농촌마을마다 노래 콩쿨대회를 여는 것이 유행이었다. 나는 대회에 참가해 냄비, 솥, 다

라이 등의 부상을 타오기도 했다.

공직에서 퇴직하고 2008년 9월 20일에는 가수 인증서까지 받았다. 노래로 봉사 활동을 많이 했고, 노인 복지관에서 고정적으로 노래를 부르게 되었다. 그러다 보니 노래가 노후를 즐겁게 하고, 즐거운 인생에 빼놓을 수 없는 중요한 일이 되었다.

#6

다음은 탁구 이야기가 되겠다. 내 나이 40~60대끼지는 탁구 치는 친구들을 보면 "젊은 놈들이 실내에서 공기도 탁한데 탁구 친다." 고 핀잔을 주곤 했다. 나이가 76세쯤 되어 테니스 치기는 몸에 무리가 오는 것 같아 라켓을 내려놓고 탁구에 전념하게 되었다.

아기자기한 재미가 너무 좋았다. 마침 강북노인복지관에서 웃으며 때로는 싸우면서 배운 탁구 실력도 조금씩 좋아졌다. 정식으로 레슨을 받은 적은 없지만 테니스와 흡사한 운동이라 그런지 일반 초심자들과 비교했을 때 중·상위권은 될 것 같다는 평을 받는다.

#7

  오늘도 코로나19가 기성을 부리고 있다. 조심조심하면서 하루하루를 보낸다. 잡다한 취미가 나를 움직이고 있다. 어떻게 보면 취미가 많다는 것은 제대로 잘하는 것이 없다는 말과도 같다. 하지만 내 나이 80을 훌쩍 넘기고 보니 잘 하지는 못해도 다양한 취미를 가지고 있다는 게 얼마나 다행이고 행복한 일인지 모르겠다.

  매일이 지루하지 않다. 건강이 허락하는 날까지 나보다 잘하는 사람이 있으면 열심히 잘 배워 가면서 내 취미를 꾸준히 즐길 것이다.

  나를 움직이게 하는 취미생활이 나에게 크나큰 보배다.

(2021. 4.)

敗僧枝不閑放牧園

望支壹上齊低

淺南路短髮笑

朴御尖詩 乙酉秋月漢

자연을 믿고 농심을 키워나가는
김영완 소장

 농촌에서 출생한 농민의 아들로 지난 65년부터 현재까지 35년간 농정에 깊숙이 관여해왔다는 김영완 소장 (60), 이제 얼마 남지 않은 자신의 공직생활을 돌이켜보고 있다.

 농사일이란 아무런 권력이나 부, 힘은 없지만 땅의 진실 속에서 얻는 보람은 있었다고 생각하고 있다. 사실 지난 5·16군사혁명이후 국가시책에 따른 중농정책, 녹색혁명을 이룬 최일선의 일꾼으로서 자부심만은 대단하다. 70년대 통일쌀 생산 이후 쌀의 자급자족을 통해 산업화의 밑거름이 되었고 현재 2,3배의 소득도 가능해졌다. 비록 최근 WTO이후 쌀 개방화가 이뤄져 불만이 있지만 쌀 걱정 없는 나라 만드는데 일조한데 대한 보람은 남다르다는 게 김 소장의 솔직한 마음이다.

 "일부에서 헐한 쌀 수입하자는 주장이 경제적 논리에는

맞는지 모르지만 재해, 경제공황, 식량무기화 시대에는 우리 국민이 피해자가 된다."고 지적하고 "어떤 시대가 와도 우리 국민들은 쌀을 먹어야 하는 만큼 쌀농정 만큼 은 보호되어야 한다."고 분명하게 말한다.

 비교 우위적 논리만 강조해 쌀을 수입 또는 축소하게 된 다면 결코 안 된다고 재차 강조한다.

농업은 생명산업이라고 강조하는 김영완 소장은 농정책 임자 자리가 가장 빈번하게 교체되는 사실이 바로 우리 농정의 현주소라고 따끔하게 지적하고 작은 종자를 개발 하는 데도 최소한 5년 이상 소요되는데 농정은 1~2년 안 에 결과가 나타나는 것이 아닌 만큼 땀과 열정이 필요하 다는 주장이다.

 대표적으로 80년 이후 추진되어온 농어촌후계자 정책 이 수많은 시행착오 끝에 최근에 와서야 많은 효과를 보 이고 있다고 말하기도 한다. 김 소장이 이곳 김천시 농업 기술센터소장으로 온 것은 지난 96년 7월 1일. 그는 전 국 포도 생산의 12%를 차지하는 이곳에 포도연구소가 없다는 사실을 깨닫고 관계기관과의 접촉을 통해 지역에

알맞은 연구소 개설을 위해 노력해왔다. 가까운 시일 안에 약 10,000평 규모의 포도연구소가 들어서게 될 것을 그려보면서 준비 작업을 착착 진행하고 있다.

농심 속에서 일한 만큼 보람과 끈끈한 인간적인 정이 담겨있는 우리 농정. 자연의 순수와 진실 속에서 자연을 믿고 산다는 김영완 소장. 윤정자 씨(55세)와의 사이에 현재 2남1녀를 두고 있고 형제자매 사이의 우애를 생활신조로 삼고 있다는 김 소장은 가정에서 엄격함과 부드러움으로 가풍을 이루어 나가고 있다고.

김천시 농업센터 준공식 가져

 지난 2월 26일 김천시 농업센터 신축 준공식이 박정수 국회의원, 백장현 금릉군수, 홍금소 김천경찰서장, 박시하 도의원, 관계 직원, 가족, 지역 주민 등 250여명이 참석한 가운데 성대히 거행되었다. 이날 준공식에서 김영완(52세) 농업센터장은 인사말을 통해 "새롭게 청사를 신축, 이전하게 도와주신 여러분께 감사한다. 명실공히 금릉군민들의 농업의 전당으로서 그 역할수행에 최선을 다하겠다."고 말하고, 농촌지도업무가 복잡하고 다양화되면서 국제농업의 경제력향상을 위해 지도직 공무원의 자질향상에 힘쓰고, UR협상에 따른 외국 농산물 수입 개방에 적극 대응할 수 있는 산실의 역할을 다 하겠다고 밝혔다.

한편, 직원단합을 위해 직원 가족교육을 실시하고, 개령 면 빗내농악단이 참가, 각 과별로 지신밟기를 하는 등 준공식을 축하했다.

이번에 신축한 군 농업센터는 상주통로 확장으로 구청사 일부와 부지의 편입으로 인해 지난 91년 5월 사업비 2억 6천만원(국비 5천만원, 군비 2억 1천만원)을 들여 연건평 2백40평의 3층 현대식 건물로 신축, 지역주민을 위한 농업의 산실로써 그 역할을 하게된다.

이번에 신축한 농업센터는 1층은 기술보급과, 전산실을 비롯, 농민후계자실, 농촌지도자실 등 농민조직체 단체장실로 2층은 지도소장실, 지도과, 사회과, 3층은 각종 교육을 위한 강당으로 이동하게 된다.

한편, 구 청사건물은 종합토양검정실과 조직배양실, 세미나실로 활용 할 계획이다.

정이 묻어나는 강북노인복지관 지금 우리는 고령화시대에 살고 있습니다

우리가 생활하고 있는 대구광역시는 인구 2,475,231명 중 65세 이상 노인 인구가 347,459명으로 14%를 차지하고 있습니다. 이렇게 노인인구가 늘어나다 보니, 아이들이 뛰어 놀아야 할 어린이 놀이터는 나이든 노인들의 쉼터로 변한지 오래되었습니다.

해마다 늘어만 가는 노인들의 안식처는 과연 어디일까? 2000년 12월 1일에 개관한 강북노인복지관은 백세시대 노인들이 행복한 노후를 누릴 수 있는 유일한 곳이며, 어르신들의 여가 선용을 위한 전당으로 꼭 있어야 할 곳입니다. 다만 15년간 지자체에서 관리운영을 해왔으나 인력난과 전문성 부족으로 이곳을 찾는 노인들의 마음을 모두 충족해 주기에는 모자람이 있었습니다. 이러한 상

황에서 상록수재단이 관리 운영권을 위탁받은 이후부터
는 명실상부한 노인복지관으로서 역할을 다하고 있습니
다.

강북노인복지관은 서예, 컴퓨터, 노래교실 등 34가지 다
양한 강좌를 개설하고 훌륭한 강사진을 배치함으로써 어
르신들의 여가와 취미 활동을 마음껏 누리도록 하였습니
다. 이러한 수업을 받고 전국적으로 다양한 경연대회에
서 좋은 성적을 거두기도 했습니다. 고전무용반은 '천안
흥타령 경연대회'에서 대상을 받았고 태권도 반은 '대한
특전태권도 시범경연대회'에서 1위의 영광을 수상하기
도 했습니다. 그리고 스포츠댄스 반에서는 '대구지상철3
호선 개통기념 공연'에 초청받아 그 재능을 널리 알렸습
니다.

이러한 훌륭한 업적은 상록수재단의 끊임없는 지원과 응
원의 결과라고 복지관 어르신들은 입을 모아 찬사를 보
내고 있습니다. '내 가족처럼, 내 부모처럼' 소통과 나눔
으로 어르신들 모두가 행복한 강북노인복지관을 만들겠
다는 상록수재단이 앞으로도 지역사회에서 그 빛을 밝히

리라 생각합니다. 모든 가정에 사랑이 넘치기를 기원합
니다. 감사합니다.

강북노인복지관 늘푸른상록수(2015년 5월)

'반려견 천국' 구암근린공원 출입금지푯말은 왜 만들었을까?

대구 북구 칠곡2지구에 조성된 구암근린공원은 미래타운, 동서영남, 건영 등 3개 아파트와 구암초·중학교로 둘러싸여 있다. 이곳에는 숲과 운동장을 포함해 배드민턴장 등 다양한 운동시설을 갖추고 있어 주민들의 휴식 공간으로서 제몫을 다하고 있다.

그런데 저녁만 되면, 이 일대는 반려견을 데리고 나온 사람들 때문에 몸살을 앓는다.

현재, 공원 내에는 4개의 작은 잔디동산이 조성돼 있는데, 그 중 1개 동산은 아예 반려견의 놀이터가 되고 말았다. 공원 입구에 있는 푯말에는 잔디밭에 들어가지 말라는 경고문과 함께, 반려견 동반 시 주의사항과 벌금도 명시돼 있다. 그러나 이 경고문을 따르는 이들이 그렇게 많지 않다는 게 인근 주민의 주장이다.

이와 관련, 한 주민은 "잔디밭에는 사람도 못 들어가는 데, 애완견들이 자유롭게 드나들 정도로 이곳은 반려견의 천국으로 변했다"며 "상황이 이렇다보니, 반려견을 데리고 나온 사람들이 배설물을 잘 처리하는지 의구심도 든다"라고 혀끝을 찼다.

대구강북신문-시니어안테나 (2018년 5월 27일 목요일)

강북노인복지관, 노래방 사용 일시중지
어르신들
"아쉽지만, 자숙의 기회로 삼아야"

강북노인복지관(관장 윤선태)이 4월 23일부터 5월 12일
까지 20일간 복지관 시설 중 한 곳인 노래방 사용 일시중
지 결정을 내렸다.

복지관은 현재 어르신들의 건강강좌를 비롯해 교양과목,
건강상담, 취미활동 등의 다양한 프로그램을 운영할 수
있는 시설까지 갖추고 있다. 그 중에서도 노래방은 어르
신들이 하루의 일과를 대부분 이곳에서 보낼 정도로 인
기가 많은 시설이다. 그러나 최근 들어, 노래방 사용을
둘러싸고 어른신 간 다툼이 자주 발생되자, 복지관 측이
일시 사용중지란 극약처방을 내리게 됐다.

이와 관련, 강북노인복지관 관계자는 노래방 사용을 두
고서 어르신 사이에 자주 다툼이 있었던 것은 사실이며,
결국 사용중지 결정까지 내리게 됐다"며 이 기간에 노래

방 실내환경정비를 하겠다고 말했다.

이런 결정이 나자, 일부 어르신 사이에서도 "당분간 이용을 못해 아쉽기는 하지만, 이번 기회에 서로 반성하고 자숙하는 기회로 삼아야 하겠다"며 "이제는 먼저 이용하겠다고 다투기 보단, 서로 양보하는 마음을 가져야 할 때"라는 목소리가 나왔다.

이무쪼록, 노래방이 다시 문을 열 때에는 어르신 모두가 서로 양보하면서 웃음꽃이 필 수 있는 그런 장소로 거듭나길 기대해본다.

대구강북신문-시니어안테나 (2018년 5월 31일 목요일)

운암지 공원 재정비 '한창'
인공폭포도 설치
주민들 "대구서 제일 가는
수변공원이 될 것입니다"

대구 강북지역 주민들의 심신단련을 위한 휴식장소로는 운암지공원이 제격이다. 이에, 북구청은 등산로 입구인 공원주변을 안락하고 쾌적한 환경으로 만들기 위해 지난 1월 5일 리모델링 공사에 들어갔으며, 내년 1월 4일 완공을 목표로 공사가 한창이다. 특히, 운암지공원은 북구 8경 중 하나로 평일에는 300~400명, 휴일에는 1,000여명 이상이 이곳을 경유해 함지산 등산로를 이용할 정도로 인기가 많은 곳이다. 운암지에서 산정상까지 이어지는 2.7km의 등산로는 남녀노소 할 것 없이 누구나 산행을 즐기기에 좋은 코스이기도 하다. 이곳을 찾는 많은 사람들은 "지금은 공사중이라, 다니기에 불편하지만, 완공되면 대구에서 제일 멋진 수변공원이 될 것"이라며 기대에 부풀어 있다. 가족과 함께 나온 박아무개씨도 "운암지의 아름다운 풍광에다 인공폭포까지 설치된다고 하니, 빨리 그 모습을 보고 싶다"라고 말했다.

대구강북신문-시니어안테나 (2018년 5월 31일 목요일)

부자동행 팔공산 둘레길 걷기 동행
함께 땀 흘리며 부자간 정 키워
호국성지도 순례

대건고등학교(교장 이대희) 1 · 2학년으로 구성된 등반
대원 40명은 9월 8일 교장의 진두지휘 하에 학부형과 함
께 가산산성을 완주하고 호국의 성지인 다부동전투기념
관도 관람했다.

이날 산행에는 학부모도 함께 동참해 학업으로 항상 스
트레스를 받고 있는 학생들의 마음을 이해하는 등 자녀
들과 따뜻한 의사소통의 장을 마련했다.

이번 산행은 이대희 교장이 지난 1월 직접 기획해 매월 1
차례씩 시행해왔으며, 이달 10회를 끝으로 마무리된다.

특히, 이대희 교장은 4시간의 힘든 산행에도 불구하고
오후 3시께 도착한 다부동전투기념관에서 6.25 한국전
쟁 당시 가장 치열했던 다부동 전투에 대해 직접 설명하

는 등 학생들에게 애국정신을 고취시켰다.

한편, 이날 산행에 참가한 김민겸(16세) 학생은 "오늘 할아버지와 함께 와서 더욱 뜻 깊은 산행이 되었다"라고 말했다. 이날 행사는 오후 5시께 학교운동장에서 마무리됐다.

대구강북신문–시니어안테나 (2018년 10월 11일 목요일)

친구의 고희 축사

 김형을 경북대학교 모교에서 처음 만난 때가 20대 초반이었는데, 세월은 電光石火라 오늘 古稀를 맞이함에 지난날을 돌아보니, 가지가지 追憶이 새롭고, 또 앞날을 헤아림에 무한한 感慨와 뜨거운 感激이 가슴을 적시어, 세월의 무상함을 금치 못합니다.

 때는 天高馬肥의 가을이라 청명한 날씨는 김형의 마음인 듯 맑고 포근하며, 한없는 情感을 줍니다. 우리 二化會 벗들이 健在한 모습으로 아늑한 자리에 모여, 형의 古稀를 축하하며 祝杯를 들게 되니 너무나 기쁩니다.

 중국의 시성 杜甫는 人生七十古來稀라 하였으니, 70세 살기가 매우 어렵다는 뜻이지요. 요즈음은 醫術의 발달로 長壽 한다고 하나 어느 마을을 보면 동갑또래가 10여 명이 자랐는데, 이제 남은 사람은 세 사람 뿐이라 합니다. 이런 상황으로 미루어 보면 우리 二化會 친구들은 이렇게 건재하니, 우리의 복이요 기쁨이라 하겠습니다.

우리가 젊었을 때는 혈기 왕성하여 조그마한 일에도 참지 못하고, 친구 간에 욕설하고 서로 다투는 경우도 있었습니다. 이젠 모두 환갑 진갑 다 지나 古稀가 되고 보니, 그 옛날 그 時節이 한없이 그립습니다. 공자는 인생 60세를 耳順이라 하였으니, 지금은 남에게 욕설을 들어도 세상 물정을 다 이해하나 귀가 순해져서 해롭게 들리지 않는다는 뜻이지요. 또 칠십을 從心所慾不踰矩(유구)라 했으니, 사람 나이 70세가 되면 마음속으로 생각한 것을 行動으로 옮겨도, 넘치거나 禮義에 어긋남이 없다는 뜻이지요. 나이 들면 착해진다는 뜻이나, 막말로 나이가 사람 길들인다는 뜻입니다. 우리가 아직은 아니라고 부인해 봐도 그것은 욕심이겠지요. 결국은 先人들을 따라가게 됩니다.

돌아보면 우리가 生死苦樂을 함께 한 것이 人生을 100년이라 한다면 半平生을 훨씬 지났습니다. 그동안 팔공산, 비슬산, 가야산, 월악산, 영남알프스 등등 전국 峻峰들을 문전 나들듯 했지요. 그러나 다 화려했던 옛 追憶이 되었군요. 이제 떠날 자리를 정해야 할 때를 맞음에 人生도 잠깐, 歲月도

須臾라, 人生無常을 한없이 느낍니다.

 형은 그동안 農村指導職 公務員을 하시면서 각 지역을 두루 輾轉하면서 奉仕精神으로 心血을 바쳐 많은 業績을 남기시고, 또 틈틈이 書藝와 四君子에 몰두하여 書畵면에도 뛰어난 자질이 있어 상당한 境地에 이르렀으니, 書藝家라 할 수 있습니다. 또 젊을 때부터 음악에 素養이 뛰어나고 造詣가 깊어 夫婦가 노래 부르고 피아노 치면서 화목한 가정 이루시고 끊임없이 硏磨하더니, 드디어 올해는 歌手의 명칭까지 받았으니 이보다 더 보람된 일이 어디 또 있으리오. 그러면서도 자녀들 잘 키워 모두 좋은 직장 얻어 열심히 살고 있으며, 兄弟간에도 友愛가 敦篤하고 孝誠이 지극하여, 부모를 恭敬하며 잘 모셔 아름다운 가정 이루었으니, 이것이 다 김형의 福이요, 學德이요, 人品으로 하늘이 내린 恩寵이 아니리요. 二化會에서도 노래로 항상 기쁨을 주는 별이니, 어디 간들 환영받지 않으리.

 이젠 이룰 것 거의 이루셨으니, 남은 일은 五福을 마무리 짓는 일이라 하겠습니다. 五福이 무엇입니까? 壽, 富, 康寧, 攸好德, 考終命이라. 壽는 장수하란 뜻이요, 富는 부자 되란 뜻입니다. 康寧은 몸 건강하고 편하게 살라는 뜻이요, 攸好德은 좋은 일하여 덕을 쌓고 바르게 살란 뜻입니다. 考終命은 명대로 살다가 편하게 죽으란 뜻이니, 이제 남은 일은 攸好德과 考終命을 이루는 것 뿐입니다. 덕을 쌓는 일은 끝이 없으니, 오른손이 한 일은 왼손이 모르게 좋은 일 많이 하여 陰德을 쌓는데 最善을 다 하십시오.

考終命은 天福이라 사람 힘으로는 어찌할 도리가 없다고 하나, 욕심을 버리고 바르게 살면 考終命도 이루어지리라 믿습니다. 오늘 이 기쁜 날 우리 二化會 會員 다 함께 乾杯하며, 김형의 古稀祝杯를 들면서 오늘을 盛大하게 祝賀해줍시다. 아울러 우리 모두 하나 되어 건강 조심하여, 99세까지 팔팔하게 살다가 考終命도 함께 이룹시다. 끝으로 金榮完형 夫婦의 健康과 幸福과 온 가족의 幸運을 빌면서 축사를 마칩니다.

2008. 2. 27. 知己之友 文人 李在榮 謹上

제3부

**사진으로
본
기록**

업무추진 지시

직원 단합 회식

대통령 접견(청와대 녹지원) 1994. 9. 4.

정부 훈장증 1988. 12.

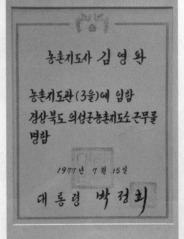

공무원 승진 임명장 1977. 7.

테니스 직장 도단위 우승 1 1981. 4.   손자와 함께 2002.9.

테니스 직장 도단위 우승 2 2002. 9.

공중 옆차기 시민체육대회 시범

태권도 4단 단증

탁구로 심신단련(코로나 예방 마스크)

골프는 나의 유일한 취미

골프 이글 트로피
2002. 8. 19.

골프 홀인원 트로피
2019. 2. 13.

각종 상장 및 우승 트로피
2019. 2. 13.

국제미작연구소(필리핀)세미나 1984. 5.

직원 결혼식 주례 1987. 4. 5.

정년퇴임식 1999. 12. 28.

가족사진 칠순기념 2008. 8.

자식들 어린시절 1 삼남매

자식들 어린시절 2 김천시 부거리 뒷동산

노래 봉사 활동

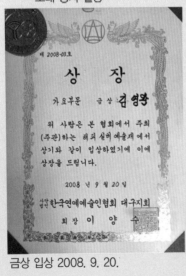

금상 입상 2008. 9. 20.

가수 인증서 2008. 9. 20.

아내 가곡 노래자랑 입상

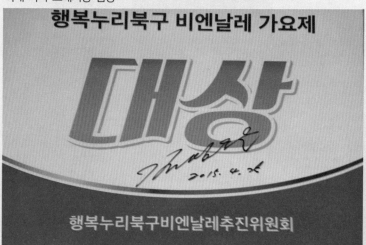

가수 대상 수상 2015. 4.

평소 좌우명

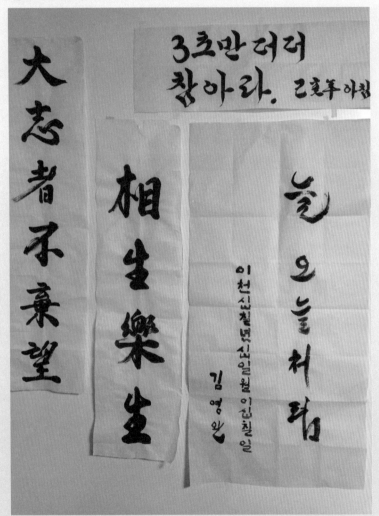

마음속에 새기며 사는 글귀들

서예 입선 작품 앞에서 손자 손녀

사군자 입선 작품 앞에서 손자 손녀

복현동에서 1963. 6. 6.

제4부

자술
연보

자술연보

1939. 08. 28	음력 7월 14일 오후 7시경 김천시 신음동(부거리)에서 아버지(김수용), 어머니(권말림) 2남2녀 막내로 출생
1946. 03	금릉초등학교 입학
1950. 07	6·25한국전쟁으로 낙동강변(금릉군 감문면)으로 피난
1954. 03	김천중학교 입학
1956. 03	김천고등학교 입학
1958. 04	경북대학교 농대 농화학과 입학
1961. 02. 15.	육국 학보병 지원 입대(군번 0023***)
1961. 05	육군5사단 35연대 정훈방송실 파견근무(아나운서)
1962. 08. 16.	학보병 제대(18개월 복무)
1962. 08. 30.	학교 복학
1963. 08. 31.	학교 추가 졸업
1964. 04	총무처 시행 국가 공무원 지도직 합격
1966. 03. 07.	윤정자(23세, 김천시청 근무)와 결혼

1967. 03. 23.	김천시 부거리에서 딸 현숙 출생
1969. 02. 22.	경북 영일군(포항시)동해면에서 아들 도형 출생
1970. 07. 22.(음)	어머님 별세(향연 75세)
1970. 08. 16.	김천시 성내동에서 아들 도균 출생
1974. 08. 24.(음)	아버님 별세(향연 86세)
1976. 07. 10.	공무원 징계(공무집행 소홀)
1976. 10. 23.	태권도 4단 승단(무덕관), 한국국기원 심사
1977. 03.	승진시험합격 농촌지도관(대통령 발령)
1977. 07. 15.	의성군 농업센터 기술담당관 보직 발령
1979. 07. 27.	경상북도 농업기술원 지도과장 보직 발령
1986. 09. 11.	청송군 농업센터 소장 승진 발령
1989~1992년	아들, 딸 모두 결혼
1993. 07. 11.	의성군 농업센터 소장 전보
1996. 07. 01.	김천시 농업센터 소장 전보

1999. 12. 30.	36년의 공직생활 정년퇴임(고향 김천에서)
2002. 06.	서예, 4군자 부분 서예대전 입선
2008. 09. 20.	실버가요제 대상(한국가수협회 인증서), 위문 봉사활동
2017. 10.	강북신문 실버기자로 활동
2019. 02. 13.	대구체력단련장(K-2골프장) 8번 홀 홀인원

한세상 잘 산다

2021년
5월 25일   초판1쇄 발행

글 쓴 이   김 영 완
펴 낸 이   김 성 민
편집디자인   김 경 자

펴 낸 곳   라이트형제
출 판 등 록   제2020-000004호
주   소   41743 대구광역시 서구 북비산로 65길 36, 2층
전   화   010-2505-6996
팩   스   053-581-6997
홈 페 이 지   www.broccoliwood.com
인스타그램   broccoliwood_
전 자 우 편   gwangin@hanmail.net

ⓒ김영완 2021
ISBN 979-11-89847-16-6 73810